Cet ouvrage a initialement paru en langue anglaise sous le titre :
The New Adventures of the Wishing-Chair: The Land of Mythical Creatures,
2009, Enid Blyton.
© Hodder and Stoughton Ltd, 2012. Tous droits réservés.

© Hachette Livre 2012 pour la présente édition.

Traduit par Véronique Merland.

Conception graphique : Lorette Mayon.
Colorisation : Sandra Violeau.

Hachette Livre, 58, rue Jean Bleuzen, 92178 Vanves Cedex.

Le Fauteuil Magique

d'après Enid Blyton

La licorne disparue

hachette
JEUNESSE

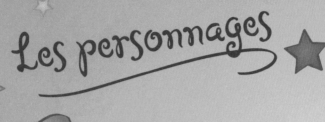

Les personnages

Paul a 7 ans et, comme tous les enfants, il est très, très curieux. Partir en voyage dans un pays totalement inconnu ? Il n'hésite pas !

Julie est l'aînée : elle garde un œil sur son frère Paul et sur Fribolin, et elle a toujours de bonnes idées ! Cette aventurière ne reste pas en place... C'est parti !

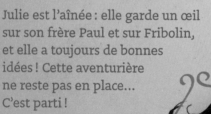

Fribolin

Haut comme trois pommes,
avec de longues oreilles
pointues… Fribolin est
bien un lutin !
Son secret ?
Il connaît le fauteuil
magique par cœur…

Mélina

Mélina la licorne
est gracieuse
et attentionnée.
Avec sa corne magique,
elle peut tout guérir !

Grognon

Grognon est un ogre aussi
grand qu'une maison,
qui a toujours l'air
terriblement affamé !

Prologue

Julie pousse un gros soupir : décidément,
elle n'arrivera jamais à dessiner
ce qu'elle veut ! Dans le pré,
les chevaux la regardent d'un air
méfiant. Vite, elle prend son carnet
et esquisse une silhouette en
s'appliquant. Aussitôt, ils lui tournent
le dos, puis s'éloignent...
— Revenez ! s'écrie Julie en agitant
les bras.
Quel découragement !

1. Le dessin

— Hourra ! s'exclame Fribolin en agitant joyeusement son morceau de chiffon en l'air. On a terminé !

— Comme ça brille !

Paul, appuyé sur le manche de son balai, admire l'intérieur de la cabane de jardin. Il vient de finir de nettoyer le sol, et Fribolin a si bien essuyé les vitres qu'elles sont étincelantes. La cabane n'est plus du tout l'endroit sombre et poussiéreux qu'elle était avant, surtout depuis que la sœur de Paul, Julie, a repeint les murs en bleu ciel, la veille.

Paul pose le balai contre le mur et se frotte les mains.

— Que penses-tu de ta nouvelle maison, Fribolin ?

— Je l'adore ! répond le lutin.

Il soulève son petit chapeau vert d'une main et s'incline d'un air réjoui.

— Et le fauteuil magique aussi !

Le fauteuil en bois, qui leur a été offert par l'Enchanteur, est posé au milieu de la cabane. Il semble s'y sentir chez lui. Paul, Julie et Fribolin l'ont soigneusement astiqué, et les belles images colorées qui sont peintes dessus scintillent à la lumière du jour.

Soudain, la porte de la cabane s'ouvre, et Fribolin pousse un cri de frayeur en courant se cacher derrière une grande armoire. Julie entre, un petit carnet à dessins et un crayon à la main.

Paul pousse un gros soupir de soulagement.

— Je pensais que c'était Papa ou Maman !

— Pas de panique, répond Julie, je leur ai fait promettre de frapper avant d'entrer. Après tout, cette cabane est notre repaire secret.

Elle lui adresse un clin d'œil.

— Dorénavant, Fribolin aura toujours le temps de se cacher !

Le lutin sort de son refuge, l'air ravi.

— Bonne idée, Julie !

Elle hoche la tête.

— Tu sais, quand on est arrivés

à Nulpar, on s'ennuyait beaucoup, Paul et moi. Et puis on a
trouvé le fauteuil magique, on t'a
rencontré, et les aventures ont
commencé ! Tu es notre meilleur
ami, Fribolin, et on veut que tu te
sentes ici chez toi !

— Et je m'y sens très bien ! la
rassure Fribolin.

— Qu'est-ce que tu faisais
pendant qu'on nettoyait, Julie ?
demande Paul en désignant le
carnet à dessins. Tu disparais
toujours quand il y a du travail à
faire !

Julie sourit avant de lui tirer la
langue.

— Je dois dessiner un cheval pour l'école. J'ai essayé de faire le portrait de ceux qui sont dans le champ, derrière la maison, mais ils ne veulent pas s'approcher de moi. Je n'y arriverai jamais ! soupire-t-elle.

Paul voit bien que sa sœur est inquiète. Fribolin secoue la tête.

— Je crois que tout ce travail scolaire t'a embrouillé les idées, Julie !

Elle le regarde d'un air ahuri.

— Comment ça ?

Fribolin lui montre le fauteuil magique.

— Tu te souviens de ce qu'on a dit ? Maintenant qu'on a fini de ranger la cabane, il est temps de partir pour une nouvelle aventure ! annonce-t-il. Je vous emmène voir mon amie Mélina la licorne… au Pays des Créatures Imaginaires !

— Parfait ! s'exclame Julie. Une licorne, c'est comme un cheval, mais avec une corne.

Fribolin hoche la tête.

— Et Mélina sera très contente que tu fasses son portrait.

— Ce n'est pas un peu ennuyeux, les licornes ? demande Paul d'un air grognon. Comme tu l'as dit, Julie, ce ne sont que des chevaux avec une corne.

— Ennuyeux? répète Fribolin en croisant les bras, un peu vexé. Les licornes sont des créatures magiques et merveilleuses. Elles peuvent soigner presque toutes les blessures rien qu'en touchant la personne ou l'animal malade avec leur corne. Le travail de Mélina, c'est de veiller au bien-être des autres créatures. Et il y a toutes sortes d'autres choses à voir au Pays des Créatures Imaginaires, comme des trolls malicieux ou des dragons qui crachent du feu!

— Des dragons ! répète Paul dans un souffle.

Il imagine ces immenses bêtes passer au-dessus de lui en volant dans le ciel. Ça doit être fantastique de les voir en vrai !

— Partons tout de suite !

Les trois amis prennent place dans le fauteuil magique et commencent à se balancer. Des étincelles bleues crépitent tout autour d'eux.

— On veut aller au Pays des Créatures Imaginaires ! annonce Julie.

2. Une étrange maladie

Un dernier éclair de lumière bleue jaillit, et, une seconde plus tard, Paul, Julie et Fribolin sentent le fauteuil atterrir avec une petite secousse.

— C'est incroyable ! s'écrie alors Paul.

Ils se trouvent sur une pelouse, au milieu d'un parc. Tout autour d'eux, une ville faite de hautes tours d'or, d'argent et de bronze se dresse vers le ciel. Le métal brille au soleil.

— Tout est si joli ! s'exclame Julie en contemplant les arbres touffus qui poussent dans le parc, chargés de pommes argentées.

— Regardez, le fauteuil magique s'est encore déguisé ! dit Fribolin.

Paul baisse la tête et voit que le fauteuil s'est transformé en un long banc de bois. Mais on le reconnaît toujours à ses images peintes.

Tout à coup, un bruit de sabots résonne sur les pavés du sentier.

— C'est Mélina ? demande Julie en la cherchant du regard.

— Non, c'est un centaure ! s'écrie Paul, les yeux écarquillés, devant la créature mi-homme, mi-cheval qui s'approche d'eux.

— Ce n'est pas exactement ce qu'il te faut pour ton cours de dessin ! dit Fribolin à Julie en riant, tandis que le centaure s'éloigne.

Paul aperçoit alors un étrange animal au corps de lion, et à la tête et aux ailes d'aigle, qui regarde la vitrine d'un magasin.

— Quelle sorte de créature est-ce, Fribolin ? demande Paul.

— C'est un griffon, explique Fribolin. Les griffons volent plus haut et plus vite que toute autre créature imaginaire. Ce sont aussi les plus drôles !

— Allons lui dire bonjour !

propose Julie. J'adorerais entendre une de ses blagues.

Mais Paul semble préoccupé.

— Vous n'avez pas remarqué comme tout le monde a l'air malheureux ? dit-il. Regardez bien le griffon.

Fribolin et Julie observent l'animal. C'est vrai qu'il semble mal en point. Il éternue bruyamment et un nuage d'étincelles jaunes s'échappe de son dos. Paul et Julie ouvrent de grands yeux : la brume d'étoiles forme une silhouette qui se matérialise… pour devenir tout à coup un renard qui s'éloigne d'un bond !

— Est-ce que c'est normal ? s'inquiète Paul.

Le griffon continue d'éternuer en produisant des étincelles qui deviennent de nouveaux animaux.

— Puis-je m'asseoir à vos côtés ? demande une voix tremblante derrière eux.

Paul et Julie se retournent et découvrent une autre créature. Elle a le corps d'un lion, mais la tête d'un humain.

« C'est un sphinx ! » pense Paul, qui se souvient des statues qu'il a vues pendant ses vacances en Égypte.

— Oui, je vous en prie, asseyez-vous, répond Fribolin poliment.

La vieille dame sphinx s'installe avec précaution sur le banc.

— Je suis contente de trouver un banc ! dit-elle. Cette étrange maladie me cause de vilaines démangeaisons. J'ai besoin de m'asseoir pour me gratter.

— Pourquoi tout le monde est-il malade ici ? chuchote Julie à Fribolin. Mélina ne peut-elle pas les soigner grâce à ses pouvoirs de guérison ?

Le lutin hausse les épaules.

— Je ne sais pas ce qui se passe.

Il se tourne vers le sphinx.

— Madame, avez-vous essayé de prendre un bain de pièces de cuivre pour vous rafraîchir? N'est-ce pas le meilleur remède contre les démangeaisons de sphinx?

— Mais oui! répond-elle. Quelle excellente idée!

Elle se lève d'un bond et disparaît avant qu'ils aient eu le temps de l'interroger au sujet de la licorne.

Paul regarde autour de lui et observe les habitants de la ville qui ont l'air très malheureux.

— Pourquoi Mélina n'est-elle pas là pour les aider?

— Je sais ce qu'on va faire, annonce Fribolin. Ma petite cousine Lisette habite ici, au Pays des Créatures Imaginaires. Elle va pouvoir nous dire ce qui se passe exactement!

3. Chez Lisette

Fribolin emmène Paul et Julie vers une petite maison biscornue tout en bronze qui se trouve dans le parc. En s'approchant, ils sentent une délicieuse odeur de pain chaud qui s'échappe de la fenêtre ouverte.

— C'est la boulangerie, explique Fribolin. Lisette habite juste au-dessus.

Paul et Julie jettent un coup d'œil à l'intérieur. À leur grande surprise, ils aperçoivent trois petits elfes qui dansent et se trémoussent sur une grosse boule de pâte à pain. Quelques instants plus tard, les minuscules boulangers se cognent les uns aux autres et tombent à la renverse. Deux d'entre eux se retrouvent par terre sur les fesses, et le troisième la tête la première dans la pâte.

— Mais que font-ils? s'étonne Julie.

30

— C'est très étrange, répond
Fribolin, perplexe, en secouant la
tête. Le pain des elfes est le meilleur du monde car ils pétrissent la
pâte avec leurs pieds en dansant
dessus… Mais ceux-là n'arrivent
pas du tout à danser !

— Ils doivent être malades,
eux aussi, devine Paul tandis que

Fribolin sonne à la porte de sa cousine.

Des bruits de pas se font entendre : quelqu'un descend l'escalier en reniflant bruyamment. La porte s'ouvre, et une demoiselle lutin aux joues rondes et aux oreilles pointues apparaît. Elle est vêtue d'une robe rouge et d'un tablier blanc, et elle ressemble beaucoup à Fribolin. À une différence près : elle est toute verte !

— Fribolin ! s'exclame-t-elle. Ça faisait si longtemps !

— Bonjour, Lisette ! dit-il en la serrant dans ses bras. Voici mes amis, Paul et Julie.

Il la regarde attentivement.

— Est-ce que tu vas bien ? Tu as le teint vraiment très vert !

— C'est une longue histoire, explique Lisette en continuant de renifler. Entrez, je vais tout vous raconter.

Ils la suivent dans un escalier doré en colimaçon.

— Eh bien, que s'est-il passé ? demande Fribolin, tandis qu'ils prennent place dans le joli petit salon de Lisette.

— Vois-tu, Fribolin, je suis malade, comme tous les autres habitants de la ville.

Lisette renifle tristement.

— C'est ce maudit magicien, Tim, qui est venu et qui a vendu à tout le monde de délicieux chocolats. Maintenant, on est tous mal en point.

— Tim le magicien ! s'exclame Paul en se tournant vers Julie. On le connaît !

— Oui, il nous a donné de la poudre d'invisibilité sur l'Île aux Surprises, soupire Julie. Mais ça n'a pas marché et on a été poursuivis par un ours en peluche géant très féroce…

— Ce Tim est un bien méchant magicien, dit Lisette.

— Mais où est passée Mélina ? demande Fribolin.

— Hier, elle est allée rendre visite à l'ogre qui vit dans une grotte au fond de la forêt, explique sa cousine. Comme il était vraiment très malade, Mélina a voulu aller le soigner le premier. Mais elle n'est pas revenue.

Lisette frissonne.

— On pense que l'ogre l'a mangée !

— Pauvre Mélina ! se désole Julie.

— Les ogres sont des créatures extrêmement cruelles, explique Lisette.

Tout à coup, ils entendent un grand bruit, et la maison se met à trembler. Des cris de frayeur résonnent au-dehors.

— C'est lui ! hurle Lisette. Il a dévoré Mélina, et maintenant il

vient chercher quelqu'un d'autre
à croquer !

Paul et Julie se précipitent à la
fenêtre. Là, au milieu du square,
avance un ogre immense qui a
l'air furieux !

4. Un appétit d'ogre

— Il est énorme ! souffle Julie.

Son frère acquiesce, les yeux écarquillés. L'ogre est si grand que sa tête arrive presque à la hauteur de la fenêtre de Lisette.

Tandis qu'il avance dans le square, Julie voit les habitants de la ville courir pour aller s'abriter sous les arbres et dans les maisons.

— Il fait peur à toutes les créatures malades, se désole Paul, pendant que l'ogre pousse un grognement sourd. Il faut faire quelque chose, Julie !

Le frère et la sœur passent la tête par la fenêtre. Elle est juste assez large pour eux deux.

— Où est Mélina ? demande Julie en haussant la voix.

L'ogre s'arrête, tourne son énorme tête et regarde la petite fille, la bouche entrouverte, découvrant de grosses dents jaunes. Julie a les jambes qui tremblent, mais elle le fixe droit dans les yeux.

— Argh ! dit l'ogre d'une voix rauque.

Puis il secoue la tête en montrant sa gorge du doigt.

— Oh ! Je crois qu'il a mal à la gorge, comprend Julie. C'est pour ça qu'il ne peut pas parler.

— Et si tu nous montrais ce qui est arrivé à Mélina ? crie Paul à l'ogre. Comme dans les jeux de mime !

L'ogre met sa main sur sa tête pour former une corne avec le doigt.

— La licorne ? propose Julie.

L'ogre fait « oui » de la tête. Puis il se frotte le ventre.

— Oh non ! dit la fillette. Il a vraiment mangé Mélina !

Les créatures restées dans le parc retiennent un cri d'effroi.

L'ogre secoue la tête. Il avale sa salive et arrive péniblement à prononcer un seul mot :

— Faim !

— Ouf ! Il n'a pas *encore* mangé Mélina ! s'écrie joyeusement Fribolin derrière eux.

— Mais on dirait qu'il va bientôt le faire…, dit Paul. Il a dû l'enfermer dans sa grotte !

— Tu es un très méchant ogre ! s'exclame l'un des centaures à ses pieds. Ramène-nous Mélina et laisse-nous tranquilles !

— Oui, nous voulons retrouver notre licorne ! crient les autres créatures en chœur.

Paul et Julie voient un elfe qui lance une tarte à la crème sur l'ogre, puis court se cacher.

L'ogre, en colère, tape du pied en faisant tout trembler autour de lui. Derrière les enfants, Lisette pousse un petit gémissement. Paul se retourne et voit qu'elle s'est évanouie de peur. Heureusement, Fribolin l'a rattrapée pendant sa chute.

Julie ne peut s'empêcher d'avoir de la peine pour l'ogre qui est un peu malmené par toutes ces créatures. Mais, même s'il a faim, ce n'est pas une raison pour menacer de manger la licorne guérisseuse !

L'ogre se tourne à nouveau vers Paul et Julie, et commence à faire des signes compliqués avec ses mains, pointant son doigt vers le haut, puis vers le bas. Aucun d'eux n'arrive à comprendre ce qu'il essaie de leur dire.

—Écoute, si tu ramènes Mélina tout de suite, tout le monde arrêtera de te maltraiter, lui dit Paul fermement.

Le visage de l'ogre s'assombrit et il secoue à nouveau la tête. Puis il arrache une grosse branche à l'un des pommiers aux fruits argentés et la brandit d'un air menaçant en s'en allant.

—Il faut sauver Mélina ! s'écrie Julie, tandis que son frère et elle quittent la fenêtre. C'est pour aider ceux qui ont des ennuis que l'Enchanteur nous a donné le fauteuil magique.

Paul et Fribolin acquiescent.

— Mais *comment*? demande son frère.

5. Un très gros rhume

— Lisette ! appelle une voix par la fenêtre. Je t'ai entendue crier. Est-ce que tout va bien ?

Paul et Julie se retournent : un dragon aux écailles vert émeraude se tient en l'air, sous leurs yeux. Il est plus grand que le plus

haut des pommiers, et des petits
nuages de fumée s'échappent de
ses narines.

— Ouah ! murmure Paul,
bouche bée.

— Oui, ça va un peu mieux, à

présent. Merci, Fulbert, répond Lisette d'une toute petite voix après s'être réveillée.

Fribolin aide sa cousine à s'installer dans un fauteuil.

— Mais n'est-ce pas affreux pour Mélina? Cet ogre l'a enlevée et va la manger!

— Oui, c'est épouvantable! reconnaît le dragon.

— Tu te souviens de mon cousin Fribolin, n'est-ce pas? lui demande Lisette. Et voici ses amis, Paul et Julie.

— Enchanté, répond Fulbert en inclinant poliment sa tête recouverte d'écailles.

Dans ses yeux gris scintille une lueur argentée.

— Bon-bon-bonjour, Fulbert, balbutie Paul.

Julie est tout aussi impressionnée. Elle parvient à lui faire un petit signe de la main.

Le dragon laisse échapper un éternuement. Des flammes jaillissent de ses narines et mettent le feu à la jardinière de fleurs posée sur le rebord de la fenêtre. Lisette pousse un cri de frayeur.

— Laissez-moi faire ! déclare Fribolin.

Il ferme les yeux et murmure quelques mots, puis claque des

doigts. À la stupéfaction de Paul et de Julie, un minuscule nuage noir apparaît au-dessus de la jardinière et se met à pleuvoir sur les flammes, qui s'éteignent immédiatement.

— Fribolin, tu ne nous as jamais dit que tu savais faire de la magie ! s'exclame Julie.

— C'est vrai, mais mes pouvoirs sont très rouillés parce que je suis resté trop longtemps emprisonné dans les images du fauteuil magique, répond le petit lutin, l'air plutôt content de lui. En tout cas, j'ai l'impression que ça me revient un peu.

— Pardon pour les fleurs, dit Fulbert. Je n'arrive pas à me débarrasser de ce rhume que j'ai attrapé en mangeant les chocolats de Tim. Je voudrais tant que Mélina soit là !

— On va la sauver, dit Paul. Mais il faut qu'on arrive à la grotte de l'ogre avant lui.

— Je peux vous y emmener, propose Fulbert.

— Tu es sûr d'être suffisamment en forme ? interroge Julie.

Le dragon hoche la tête.

— Même si je suis malade, je peux voler plus vite que l'ogre ne marche.

— Allons-y tout de suite alors ! dit Fribolin.

— Mais faites attention ! implore Lisette, tandis que Paul, Julie et Fribolin dévalent l'escalier en lui disant au revoir.

Fulbert les attend dans le parc. Sa cuirasse vert émeraude scintille au soleil. Paul, Julie et Fribolin grimpent sur son dos. Les écailles du dragon sont froides et rugueuses au toucher.

Paul prend place devant avec Julie, et Fribolin s'installe derrière eux. Ils se tiennent bien les uns aux autres.

—C'est parti, Fulbert! annonce Paul.

Le dragon commence à battre de ses immenses ailes. Paul et Julie sentent le souffle de l'air lorsqu'il s'élève du sol et monte haut dans le ciel, au-dessus des maisons en métal qui brillent au soleil.

Tout à coup, Paul entend le dragon renifler et crachoter.

— Fulbert, est-ce que tu vas bien? demande-t-il.

— Non, je crois que je ne me sens pas bien… Accrochez-vous !

À ces mots, Fulbert éternue violemment, et des boules de feu jaillissent de ses narines. Il redescend aussitôt tout droit vers le sol, entraînant avec lui Paul, Julie et Fribolin…

6. Dans la forêt

— Stop ! crie Fribolin.

Julie s'agrippe à son frère, qui tremble de peur.

— Il faut te redresser, Fulbert ! hurle-t-elle.

Le sol se rapproche dange- reusement, mais au tout dernier

moment, ils bifurquent à nouveau vers le haut. Fribolin, Paul et Julie poussent un profond soupir de soulagement.

— Désolé pour les secousses, s'excuse Fulbert par-dessus son épaule. Quand j'éternue, ça perturbe complètement ma technique de vol !

— Je dois être aussi vert que cette pauvre Lisette ! murmure Fribolin à l'oreille de Julie.

Bien vite, ils s'éloignent de la ville et survolent des campagnes verdoyantes. Ils aperçoivent un lac scintillant au bord duquel des sirènes sont allongées au soleil.

Enfin, une forêt apparaît au loin. Fulbert s'en approche.

— C'est là que vit l'ogre !

Il décrit des cercles dans le ciel, puis montre de sa patte griffue l'entrée d'une immense grotte.

— Je ne peux pas me poser trop près des arbres, je risquerais d'y mettre le feu en éternuant. Mais je vais vous conduire à une clairière proche d'ici.

— Dépêche-toi, Fulbert ! le presse Julie. Il faut absolument qu'on arrive à la grotte avant l'ogre pour sauver Mélina !

Après quelques derniers batte-ments d'ailes, le dragon descend doucement vers le sol, puis atterrit dans la clairière. En se posant, il laisse encore échapper un petit éternuement, qui brûle un coin de verdure.

— Je vais vous attendre ici, annonce-t-il tandis que Paul, Julie et Fribolin descendent de

son dos. Je me sens très malade,
je vais me reposer un peu.

— Merci, Fulbert, dit Paul.

Les trois amis s'engouffrent
dans la forêt. Ils longent un
précipice rocheux et prennent la
direction de la grotte de l'ogre.

En arrivant devant, Paul jette
un coup d'œil à l'intérieur.

— L'ogre n'a pas l'air d'être là,
murmure-t-il. On l'a devancé ! Il
faut chercher Mélina.

Paul, Julie et Fribolin s'avan-
cent sur la pointe des pieds. Il fait
très sombre…

Tout à coup, Julie entend un
bruit venant du fond de la grotte.

— C'est peut-être Mélina, chuchote-t-elle. Allons voir !

Ils progressent plus loin dans la grotte qui fait un angle sur la gauche et se prolonge encore derrière. Paul réalise qu'elle est bien plus grande qu'elle ne le paraît de l'extérieur.

Julie entend le bruit d'une respiration derrière la paroi rocheuse. Elle avance prudemment la tête et aperçoit l'ogre qui leur tourne le dos, debout devant sa table.

— C'est l'heure du miam-miam ! dit-il d'une voix rauque.

Le cœur de Julie bondit dans sa poitrine.

— Il va manger Mélina !

— Arrête tout de suite ! lance Paul en sortant de sa cachette.

Surpris, l'ogre se retourne et laisse tomber une petite pâtisserie recouverte d'un glaçage rose pâle.

Paul est perplexe.

— Où est Mélina ? demande-t-il en regardant le gâteau, les yeux écarquillés.

L'ogre pousse un grognement furieux. Les trois amis reculent, terrorisés.

— Il doit avoir déjà mangé Mélina, et maintenant il passe au dessert ! sanglote Fribolin.

— Et on l'a mis vraiment *très* en colère, hurle Julie. Courez !

7. Le sauvetage

Fribolin, Paul et Julie s'enfuient de la grotte à toutes jambes. Ils sentent le sol trembler sous leurs pieds au rythme des pas de l'ogre, qui s'est lancé à leur poursuite.

— Par où est-on arrivés ? bredouille Fribolin, le visage blême.

Je ne retrouve plus le chemin, au secours !

— Vite ! Par là ! s'exclame Julie.

Mais, à quelques mètres seulement de la grotte, Paul pousse un cri et agrippe le bras de sa sœur.

— Attention !

Julie s'arrête net, au bord d'un profond ravin rocheux. Un pas de plus, et elle aurait dégringolé dans le vide !

L'ogre continue de se rapprocher, mais il n'y a aucun moyen de passer de l'autre côté. Paul, Julie et Fribolin se penchent avec précaution au bord du gouffre, pour regarder au fond. Ça alors !

Une belle licorne blanche est étendue là, sur un monticule de terre en contrebas.

— Mélina ! s'écrie le lutin. Tu es vivante !

— Bonjour, Fribolin, mon ami, gémit Mélina, en levant son élégante tête.

Sa corne dorée étincelle au soleil.

—Je suis si heureuse de te voir ! Je suis venue ici pour soigner l'ogre Grognon, mais, en chemin vers sa grotte, j'ai glissé et je suis tombée. Il a tenté de m'aider.

— Alors c'est pour ça que Grognon est venu au village ! s'exclame Julie. Mais personne ne l'a écouté.

Paul aperçoit, à côté de Mélina, une branche sur laquelle il reste quelques pommes argentées.

— C'est la branche qu'il a prise dans le parc, se rappelle-t-il. Je crois que je comprends maintenant : quand il est venu nous voir, il a essayé de nous dire que c'était Mélina qui avait faim, pas lui !

— Oui, Grognon a fait de son mieux pour m'apporter à manger, explique Mélina.

Julie se retourne vers l'ogre.

— Grognon, tu n'es pas un méchant ogre du tout ! déclare-t-elle. Tu es très gentil !

Paul hoche la tête en souriant. Grognon rougit, touché par le compliment.

— Je suis vraiment désolé, ajoute Fribolin à son tour. Je n'aurais pas dû supposer que tu

73

étais méchant sans même t'écou-
ter. J'aurais dû te laisser une
chance de nous expliquer toute
l'histoire.

Le lutin s'approche de l'ogre
et serre sa cheville dans ses bras.

— Comment va-t-on faire pour
délivrer Mélina? demande Julie.

Soudain, Paul aperçoit de longues lianes qui pendent d'un
arbre. Elles ressemblent à de
grosses cordes feuillues.

— Et si on utilisait des lianes
pour aider Mélina à sortir du

ravin? propose-t-il. Je suis sûr que Grognon est assez fort pour ça !

L'ogre hoche la tête avec enthousiasme.

Paul, Julie et Fribolin courent vers l'arbre et arrachent les trois plus grosses lianes. Puis ils forment une boucle à l'extrémité de chacune d'elles.

— L'un d'entre nous va devoir descendre pour attacher les cordes autour de Mélina, dit Julie, l'air inquiet.

— J'y vais ! décide Paul. J'ai déjà fait de l'escalade en cours de gym.

Fribolin, Julie et Grognon regardent avec anxiété Paul descendre le long de la falaise.

— Sois prudent! le supplie Mélina.

Paul s'efforce de ne pas regarder en bas en cherchant des prises auxquelles s'accrocher sur la paroi. Le vent siffle à ses oreilles et son cœur tambourine tandis qu'il progresse lentement vers la licorne.

Ce moment lui semble durer des heures, mais, enfin, Paul sent la terre sous ses pieds.

— Tu es très courageux, dit Mélina en effleurant son épaule du museau.

Grognon lance les lianes nouées vers Paul. Celui-ci les enroule vite autour du ventre blanc et duveteux de la licorne. Puis il grimpe sur son dos, et lève les yeux vers Julie, Fribolin et l'ogre.

— On est prêts ! leur dit-il.

— Tire, Grognon ! lance Julie.

Paul s'agrippe à la crinière soyeuse de Mélina tandis que tous deux sont soulevés dans les airs. Le petit garçon retient son souffle, les yeux tournés vers le ravin. Il est très profond.

Tout à coup, un grand bruit de déchirure brise le silence. Paul lève les yeux et voit que l'une des lianes est en train de céder sous leur poids.

— Elle va se casser ! hurle-t-il.

8. De délicieux gâteaux

— Arrête de tirer, Grognon ! crie Julie en regardant au fond du ravin.

La liane continue de s'effilocher, et le cœur de Paul bat à tout rompre lorsque Mélina et lui descendent soudain d'un cran.

— Ça ne va plus tenir très long-temps, halète-t-il.

— J'ai une idée ! crie Fribolin. Mélina, tu peux réparer la liane en utilisant ta corne !

La licorne s'exécute immédiate-ment, et un halo de lumière dorée apparaît. La liane se reforme, encore plus solide qu'avant. Mélina touche aussi les deux autres liens du bout de sa corne.

— Juste au cas où ! dit-elle.

Paul s'agrippe à la crinière de Mélina, tandis que Grognon se remet à les tirer tous deux vers le haut. Quelques instants plus tard, ils atteignent le bord du ravin. Fribolin et Julie les aident à grimper pour les rejoindre.

— Merci ! dit Mélina, reconnaissante.

Elle touche la gorge de l'ogre avec sa corne, qui diffuse durant quelques instants une chaude lumière. Grognon s'éclaircit la voix, visiblement soulagé.

— Oh, je suis guéri ! s'exclame-t-il. Merci, Mélina ! J'aimerais tous vous inviter à prendre le thé chez moi. Je n'ai pas souvent des visiteurs…

— Avec plaisir, répond aussitôt Paul.

— Moi aussi, mais je ne dois pas trop tarder, ajoute Mélina. J'ai des malades à soigner en ville.

Le petit groupe suit l'ogre vers sa grotte, où il sert à chacun du thé et des petits gâteaux à la cerise.

— Ils sont délicieux ! dit Paul en se resservant.

— J'adore cuisiner, explique timidement Grognon. Je suis désolé de vous avoir grogné dessus tout à l'heure. Je venais juste de terminer le glaçage du gâteau que j'ai fait tomber !

— Ce n'est pas grave, le rassure Paul.

— Prends encore un gâteau, Fribolin, dit Julie en lui tendant le plateau.

Mais, à cet instant, elle s'aperçoit que le petit lutin commence à disparaître devant ses yeux : ses mains semblent s'effacer…

— Oh, oh ! Ça signifie qu'on doit y aller, dit Julie.

Elle se lève d'un bond.

— Le fauteuil magique commence à s'impatienter et il pourrait partir sans nous !

— Revenez bientôt, lance Grognon en agitant la main sur le seuil de sa grotte.

— Avec plaisir, répond Paul, et on dira aux habitants de la ville que tu es un ogre gentil et très serviable !

Mélina, Paul, Julie et Fribolin s'en vont bien vite, en emmenant un petit gâteau rose pour Fulbert le dragon.

— J'avais complètement oublié ! s'exclame tout à coup

Julie, tandis qu'ils rejoignent la clairière où Fulbert ronfle bruyamment. J'étais venue ici faire le portrait de Mélina pour mon cours de dessin, et maintenant je ne vais plus en avoir le temps !

Elle explique à la licorne qu'elle n'a pas pu dessiner les chevaux qui sont derrière sa maison.

— Tu n'as qu'à leur offrir des pommes, et ils viendront à toi ! lui dit Mélina. Les chevaux adorent les pommes !

Elle touche la tête de Fulbert de sa corne, et le dragon ouvre les yeux, l'air encore tout endormi.

— Oh, j'ai rêvé que Mélina était revenue et qu'elle me soignait, soupire Fulbert.

Il ouvre de grands yeux devant la licorne.

— Oui, c'est vraiment moi, Fulbert! rit Mélina. Maintenant, je dois retourner en ville pour soigner tous les autres malades.

Après lui avoir donné son gâteau à la cerise, Paul, Julie et Fribolin se hissent sur le dos de Fulbert, et le dragon s'élance dans les airs. Cette fois-ci, le voyage est beaucoup plus calme. Mélina les suit au sol en galopant : elle va si vite que, depuis le ciel, on ne voit d'elle qu'une traînée de brume blanche.

Enfin, Fulbert atterrit dans le parc, et tout le monde se réjouit en voyant Mélina arriver peu après.

— Mélina est revenue ! s'exclament les créatures imaginaires. Elle est en vie !

La foule se rassemble autour de la licorne, et Mélina touche chacun tour à tour de sa corne.

— Bravo à vous, mes amis, dit Lisette en courant vers Fribolin, Julie et Paul. Vous avez sauvé notre licorne du méchant ogre !

Mélina l'a guérie, elle aussi, et elle n'est plus toute verte.

— Grognon n'est pas méchant ! annonce Julie, debout sur le dos de Fulbert pour que tout le monde puisse l'entendre. Il essayait juste d'aider Mélina.

Elle explique rapidement ce qui s'est passé, et tout le monde se sent un peu honteux.

— Je vais faire des petits gâteaux pour Grognon et l'inviter à prendre le thé, déclare Lisette.

Les autres créatures approuvent d'un hochement de tête.

— Fribolin recommence à s'effacer, chuchote Paul à Julie. On doit partir.

Tous trois disent au revoir à leurs nouveaux amis, et serrent Mélina, Lisette et Fulbert dans leurs bras. Puis, ils courent retrouver le fauteuil magique.

— Il n'a pas encore repris sa forme normale, remarque Paul en regardant le banc. On arrive juste à temps.

— Montre-toi ! lance Fribolin en frappant trois petits coups sur le fauteuil.

Immédiatement, le banc reprend la forme du fauteuil magique, et tous s'installent dessus.

— À la maison ! ordonne Paul.

Des étincelles bleues jaillissent des pieds du fauteuil et crépitent autour d'eux. Quelques secondes plus tard, les voilà de retour dans la cabane au fond de leur jardin !

— Quelle aventure palpitante ! dit Paul en sautant du fauteuil.

— Et instructive, ajoute Julie en se dirigeant vers la porte. Je vais tout de suite chercher des pommes pour les chevaux.

— J'ai hâte de savoir ce que nous réserve notre prochain voyage…, dit Fribolin.

— Moi aussi, répond Julie avec un clin d'œil, mais d'abord, j'ai un dessin à terminer !

FIN

N'attends plus !

Rejoins tous tes héros
sur leur site :

www.bibliotheque-rose.com

As-tu lu la première histoire
du fauteuil magique?

L'Île aux Surprises

Retrouve Julie, Paul et Fribolin
dans une nouvelle aventure !

d'après **Enid Blyton**

Le Monde des Sortilèges

Maud, la voisine de Julie et de Paul, est triste :
les belles roses de son jardin se sont toutes
fanées… Les deux enfants voudraient l'aider.
C'est l'occasion pour eux de remonter
avec Fribolin sur le fauteuil magique !
Direction le Monde des Sortilèges,
où tout devient possible…

Table

PAPIER À BASE DE FIBRES CERTIFIÉES

⊞ hachette s'engage pour l'environnement en réduisant l'empreinte carbone de ses livres. Celle de cet exemplaire est de :

400 g éq. CO$_2$
Rendez-vous sur www.hachette-durable.fr

Photogravure Nord Compo - Villeneuve d'Ascq

Imprimé en Roumanie par G. Canale & C. S.A.
Dépôt légal : novembre 2012
Achevé d'imprimer : mars 2016
20.2632.6/05 – ISBN 978-2-01-202632-2
Loi n° 49-956 du 16 juillet 1949
sur les publications destinées à la jeunesse